capitulos :

1) O dia em que se conheceram.

2) A descoberta da viagem.

3) A caminho da praia.

4) A duende aquática.

5) Os dois descobrem que gostam um do outro.

6) Um pedido nada discreto.

7) Os namorados.

8) A exploração do lago.

9) O encontro com a duende aquática.

10) Vanessa.

1 1) Os bebês aquáticos.

12) A história dos pais de Limão.

13) O acidente no Vale Risonho.

14) Como são péssimos na cozinha.

15) "Podem ter crescido, mas ainda são pestinhas.

16) A notícia chegou aos ouvidos de Isabela.

17) O encontro durante o eclipse.

18) Um encontro marcado.

19) A linda lua cheia.

20) O nascer do sol.

21) A chuva de meteoros.

22) O pedido de casamento.

23) fim

1) capitulo

Em uma floresta ,havia um doende mau humorado que apesar de ter uns 10 ano conseguia morar sozinho numa boa

todos os doendes o pertubavam , com piadas,brincadeiras de mau gosto ,etc .

Um dia os outros doendes decidiram fazer o duende mau humorado rir

então contrataram o piadista

-Olá doende mau humorado

- Olá...
- Sou um piadista fui contratado para te fazer rir;
- Desiste que é melhor!
-Fui contratado para este serviço , não desisto!
-Já que é assim,comece logo !

- Porque alguns doendes não vão ao vale risonho ? ... porque são mau humorados, kkkkkk kkkk.
-Não vejo graça nisso,sou mau humorado !

O doende se ofendeu ,pois o vale risonho era apenas para doendes risonhos e ele era mau humorado, não podia ir la sem dar ao meno uma risada .

O doende então entrou em sua casa secreta e decidiu não sair de la, até o dia seguinte.

Os outros doendes preucopados não entraram em suas casas secretas , enquanto isso caçadores de recompensa passaram por perto e viram os doendes e falaram um com o outro sobre aquilo:

-Maninho olhe doendes...
- Onde ?
 - Ali olhe !

Falou apontando o dedo para a direção onde os doendes estavam .

-A claro estão ali ,devem dar uma boa grana

- Então vamos pegalos !

Foram e pegaram todos os doendes que acharam .

Os doendes desesperados começaram a gritar :

- Doende, doende mau humorado

- Doende, doende mau humorado

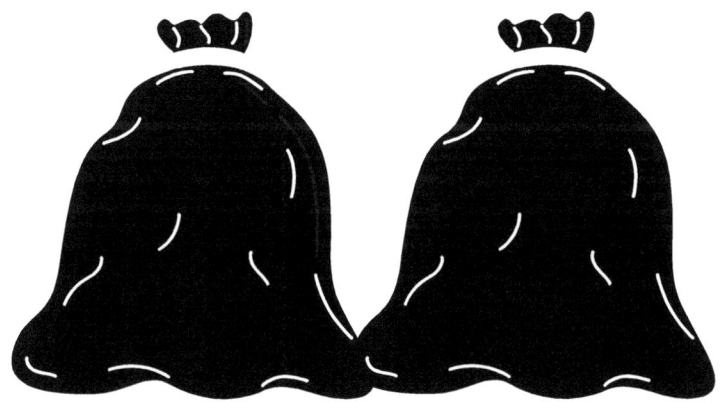

O doende achou que éra mais uma brincadera sem graça deles e não foi ver o porque da gritaria la fora .

Apos os doendes serem capiturados os caçadores foram a uma loja de animais magicos e venderam os doendes ,e foram até a cidade de onde tinham vindo e falaram com o prefeito .

-Prefeito achamos em uma floresta a qui perto doendes
- Não tenho interece em doendes meus caros jovens.
-Não viemos oferecer doendes e sim o terreno onde os doendes foram encontrados
-Não a mais nada la ?

- Não apenas arvores

Então construirei uma nova cidade la ,construtores estes jovens vão levar vocês a uma floresta aqui perto onde construiram uma cidade mas lembrem não cimentem onde as arvores estão.

Foram e cimentaram tudo menos onde as arvores estavam.
o dia se passou e o doende saiu de sua casa e viu tudo cimentado menos onde as arvoves estavam e se perguntou :

-quem teve a coragem de fazer isso com uma linda floresta ?
Chateado entrou em sua casa que pela sua visão era a unica coisa restada de sua floresta .
Enquanto isso o prefeito anunciava as casas e predios.
Um casal e suas filhas se enteresaram pelas casas mas estavam uma fortuna e a unica baratinha era a que o doende estava , ja tinha fama de ma asombrada pois os construtores ouviram uma voz estranha vindo de uma caverna por perto

O casal não acreditou ,comprou a casa e levou suas coisas .
O doende ficou com ao longo do tempo, muito mau, tratava as plantas mau ,a casa onde morava mau, não havia mais compaixão em seu coração apenas trevas .
Pois percebeu que nunca ia virar um doende risonho nunca ia morar no vale do riso .

O pai da familia que havia comprado a casa resolveu fazer um balanço na árvore para as crianças brincarem.

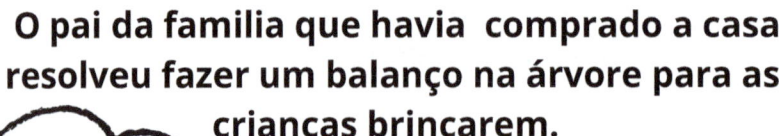

Após terminar o balanço, as crianças vieram brincar balançavam ,balalançavam ,mas não paravam de brincar ,enquanto brincavam no balanço a arvore sacodia fazendo uma enorme bagunça ,brincavam ,e brincavam ,falavam e falavam

O doende sendo mal humorado se irritou e falou:
- Parem! o que fiz para vocês?
- Bom nada... qual seu nome?
- Bom nome... não tenho!
- Podemos te dar um, que tal uva?
- não, claro que não!
- ham que tal amendoa?
- dinovo nome de menina!
O doende saiu bravo, e as meninas falaram:

- limão

-aonde ?

- não ,o seu nome, limão...

Então o nomearam limão e viraram amigos.

Os dias se pasaram e o doende sentiu a falta dos outros doendes ,então as meninas pesquisaram aonde vendia doendes ,que por sorte so havia uma loja que vendia perto dali

Compraram com uma super promoção cada doende por R$ 5;00

Os doendes então falaram:

-Você veio finalmente!

- Estavamos a esperar...

-Vamos a floresta ?

O doende encheu os olhos de água e respondeu:

- Infelizmente não a mais foresta!

- Como viverei sem o meu musgo na árvore ?

- Não precisamos (disse o chefe dos doendes) vamos ao vale risonho , não sei como não fomos la ainda não somos mau-humordos igual a ele , vamos!

**Seguiram viagem a o vale risonho deixando o doende limao.
As meninas segurando o choro falaram:**

- mas não importa a origem e sim a atitude , você é feliz e feliz da risada e risada quer disser que você é sim risonho ,agora va .

O doende limão foi e para sua decepção.

- Pare ai doende passaporte por favor!

- AHH ,kkkkkkkk você é mau humorado não entra !

- Mas não importa a origem e sim a atitude?!

- não usamos palavras bonitas e sim o passaporte! Prócimo.

O doende então voltou a cidade, e falou com as meninas:

- Não é destinado a mim, o vale e sim ao risonhos...

- Que injustiça , vamos fazer nosso vale!

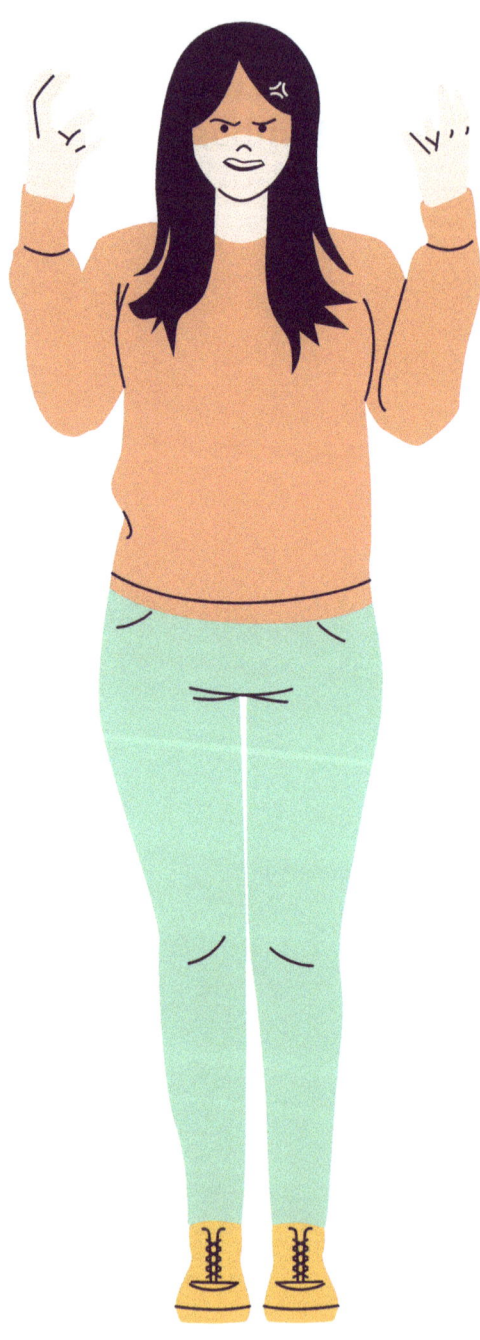

-Otima ideia vamos

-eu meio que estava brincando: exemplo não a como criar um vale aqui apenas se for de papel

-não a proplemas
vamos imaginar que
essa cidade é um vale

-para mim esta otimo - disse o doende limao

e assim fizeram dali o vale deles

2) capítulo.

Os anos foram passando e o Duende Limão e a Isabela já eram adutos, Carolina era adolescente.

Limão já havia se acostumado a viver entre os humanos e a usar touca para cobrir suas orelhas compridas. Nem mesmo os pais das garotas sabiam que ele era um duende

O pai da Isabela e da Carolina tratava o Limão com muito carinho e
amor; até deixou que ele morasse com eles. Onde eles fossem, o duende ia. Se
fosse ao shopping, a
um restaurante, onde quer que fosse, o Limão ia...

Até que um dia, Limão saiu de seu quarto e foi à cozinha.

- Bom dia, Limão - falou Olivia, a mãe das meninas. - Vejo que está bem triste. O que houve? Teve um pesadelo?

- Não, só pensei que as meninas já estivessem acordadas - respondeu.

- Ah, neste caso, vá acordá-las você mesmo. Eu ainda não as acordei, pois é sábado e elas amam dormir muito - disse Olivia.

- Ah, claro. Como pude esquecer? Vamos sair hoje para algum lugar - perguntou Limão.

- Seu malandrinho, como adivinhou? - disse Edison, o pai das meninas.

- Bem, saímos todos os sábados para comer fora ou ir ao shoppin para gastar nossas mesadas... - respondeu Limão.

- Só que hoje vamos viajar! - gritou a mãe, Olivia.
As meninas vieram correndo e repetiram em tom de pergunta:
- Viajar?
- Sim, hoje começam as férias em família. E sabem por quê?
As meninas se entreolharam e disseram:
- Hoje começam as férias de 15 dias da facudade .
- Exato... - disse a mãe.
- Não estou entendendo, para onde vamos desta vez? - perguntou Limão.
- Ah, isso é fácil. Lá é calor, tem areia, água... - disse Olivia.
- Em uma floresta? - Limão fez outra pergunta.
- Puxa, você nunca deve ter ido lá, né? Aff, meninas.
- Nós vamos à praia, Limão, praia! - respondeu Isabela.
- Como é essa tal praia?
- Tem areia quente demais até para ficar sem chinelos, um lago magicamente refrescante, mas temos que usar boias - disse Carolina.
- Pera, é mágico? - O duende estava mais confuso do que no começo da conversa. - Areia quente demais, tá de brincadeira. Deve ser mais perigoso do que os dinossauros que estudamos na escola.
- Não, Limão, você vai ver quando chegarmos lá, tá bom? - disse Isabela.

3) capítulo.

Arrumaram as coisas que iam levar e entraram no carro. Duas horas depois, todos estavam famintos, então estacionaram em um restaurante.

- "10 hambúrgueres", disse Edissom.
- "Quais hambúrgueres? Temos de [x tudo], de [x beicom], de [x salada] e, por fim, o [x burguer]", perguntou uma moça simpática.
- "Ah, eu quero 1 de [x tudo] e 1 de [x beicom]", disse Edissom.
- "Eu quero 2 [x burguer] e por favor tire os tomates", disse Carolina.
- "Eu quero 2 [x beicons]", disse Isabela.
- "Eu quero o mesmo", disse Limão.
- "Bom, eu quero 1 [x salada] e um [x beicom]", disse Olivia.
- "Claro, aqui está. Deu 110 reais", disse a moça.
- "Caramba, as coisas são caras por aqui, né, Edissom?", disse o Duende Limão.
- "Sim, a cada dia fica mais caro. Agora vamos nos sentar", respondeu Edissom. Ah, e aliás, não me chame de "senhor Edissom", me chame apenas de Edissom, tudo bem?"
- "Sim, senhor, quer dizer, sim, Edissom."

Enquanto isso, Isabela falava em segredo com Carolina.
- "Vai ter que se virar sem mim", disse Carolina.
- "Não, é sério, acho que é um sentimento, sabe? É que toda vez que chego perto dele, eu, eu não tenho controle sobre mim. Eu sinto... não sei explicar, é complicado-, disse Isabela.

- "A paixão é complicada mesmo", disse Carolina com um tom de sarcasmo.
- "Não é paixão, Carolina. O Limão é um duende e eu sou humana. Como poderia amar um duende?", disse Isabela desesperada para sair da situação.
- "Tá bom, calma. Você só deve gostar um pouquinho dele, tipo eu e o Marlom. Ops, falei demais", disse Carolina.
- "Ui, ui, Marlom, o tal menino que é sua dupla na van? Ele é o seu crush na facudade ?", disse Isabela.
- "É, é sim. Bom, vou falar com a mamãe", falou Carolina.
- "Sobre o quê exatamente?"
- "Ah, nada. Sobre você e o Limão", disse Carolina correndo.

Isabela correu e segurou Carolina pelo pescoço e sussurrou em seu ouvido:
- "Se você contar para a mamãe, eu vou saber e vou contar também, entendeu, pequenina?"
- "Ah, relaxa . Já tenho 17 anos", disse Carolina.
- "É só que eu tenho 23 e ano que vem vou ter 24, e já vou ser adulta, e o Limão também", exclamou Isabela.
- "Ui, ui, de novo falando do Limão. Ah, e aliás, vou me sentar com a mamãe para comer. Ela está naquela mesa", falou Carolina.
- "Pois eu também vou. Aqui está batendo muita claridade", explicou Isabela.

Em outra mesa, Limão e Edissom estavam conversando sobre assuntos diversos.

- "Nossa, o hambúrguer pode ser caro, mas é delicioso. Não é, senh... quero dizer, Edissom?" Limão estava tentando falar outra coisa, na verdade, só não sabia por onde começar.
- "Olha, garoto, você não está normal, e olha que o seu normal já não é normal, entende?- disse Edissom. Edissom sabia que Limão estava tentando mudar de assunto, então disse:
- "Olha, pode falar tudo para mim. Eu te trato como parte da família desde que te conheci, e isso faz 14 anos. Para mim, o tempo passou voando. Diversão em família para nós não existia, até as minhas filhas te conhecerem. O dia foi incrível para mim, pois as minhas filhas nunca fizeram nenhum amigo ou amiga. Sempre foram só elas, fazendo companhia uma para a outra. Sempre foi assim. O que você está me escondendo?"
- "Nada, senhor, quero dizer... Bom, o"...
- " O seu olhar me diz outra coisa. Pode me falar, não vou levar a mal, sério."
- "Bom, parece um sentimento. Não sei explicar qual, mas parece."
- "Paixão? Mas tão cedo. Bom, é alguém da facudade?"- perguntou Edissom.
- "Sim."
- "É a Liset, a Amanda ou talvez a Maria? Quem é?"
- "Não é nenhuma delas. É a... Bom, i, s, a, b, e, l, a."
- "A Isabela? Bom, está bom. Pode deixar, não vou falar para ela-, disse Edison
- "Obrigada por me compreender, Edissom."

Uma hora depois, voltaram para o carro e retomaram a viagem.

O caminho estava assustador. As nuvens estavam pretas como em uma tempestade. A estrada estava escorregadia e o sol estava se pondo. A mãe trocou de turno com o pai para que ele pudesse dormir.

Em poucos minutos, a noite caiu, e os barulhos noturnos eram assustadores.

Já haviam se passado 3 horas de viagem, e ainda não havia sinal da praia.

- "Pai, quanto falta para chegarmos?"- Carolina esperou por uma resposta, mas não obteve. Então, perguntou à mãe- "Mãe, quanto falta?"

- "Acredito que em 5 horas estaremos lá. É que a mamãe pegou um caminho errado, e agora que entramos no certo."

Oito horas depois do início da viagem, o dia havia chegado, e finalmente a tão esperada praia estava ali.

4) capítulo

Estacionaram o carro e se vestiram adequadamente para aquele lugar.

- Limão, aqui está calor. Tire a touca. Não deve ser tão feio assim o seu cabelo. Vai- disse Edissom.

- Não-disse Limão.

- Tá bom, se você se perder no mar, não vou lá pegar você, ouviu?

- Sim, Edissom.

As meninas pularam no lago, onde Edissom chamava de mar. Olivia tomava banho de sol, Edissom comprava sorvetes. O dia não poderia ser melhor. Carolina pensou assim:

- "Lugar perfeito, a água. Vou chamar o Limão para entrar no lago, e assim que ele entrar, eu saio de fininho e os deixo sozinhos juntos. Isso vai ser perfeito."

- "Limão!"- gritou Carolina.

- "O que está fazendo?- perguntou Isabela bem baixo.

- "Chamando o Limão - disse Carolina.

Limão respondeu:

- "Já vou, só vou passar o protetor solar."

Limão foi e pulou no lago. Logo depois, uma imensa onda vinha em sua direção. Ele prendeu o ar rapidamente e fechou os olhos. As meninas nadaram para o outro lado.

A onda cobriu Limão completamente e levou sua touca para o fundo do lago.

Limão tentou alcançá-la mergulhando mais fundo. Ao chegar perto, viu algo passar rapidamente à sua frente, indo para trás de uma imensa rocha. Limão foi mais à frente e, devagar, olhou o que havia atrás da rocha. Ao olhar, viu uma linda duende aquática que, para os humanos, era um monstro, mas para ele era apenas alguém igual a ele 13 anos antes: solitária, sozinha e triste. Limão sentiu compaixão em seu coração e realmente quis ajudá-la, para que não fosse mais uma solitária. No entanto, ela entendeu errado, achou que ele era uma ameaça, fez alguns movimentos e atirou uma espécie de raio em Limão.

Limão, quase sem ar, quase inconsciente, viu Edissom pulando no lago. Após isso, ele desmaiou. Edissom o colocou na areia e começou a apertar sua barriga. Limão levantou o pescoço e cuspiu a água que havia engolido.

- "Ah, graças a Deus", disse Isabela, abraçando-o. "Pensei que você tinha morrido."

Limão ficou com as bochechas rosadas. Edissom então falou:

- "Falei que seu cabelo não era ruim. Só precisa dar uma penteada."

Ao Edissom falar isso, Limão pediu a Isabela que lhe trouxesse um espelho, e foi o que ela fez. Ao se olhar, Limão perguntou a si mesmo se ainda estava inconsciente. Suas orelhas não eram mais pontudas, seu cabelo não era verde, era loiro, seus olhos foram do verde escuro para o azul claro.

Limão perguntou a Isabela baixo:

- "Isabela, está vendo o mesmo que eu?"
- "Sim, você virou um humano", respondeu ela cochichando.
- "Como é possível?"- Limão pensou um pouco e tentou se lembrar de algo que aconteceu no fundo do lago, mas apenas se lembrou do raio. Não conseguia

lembrar de mais nada.

- "Bom, acho que eu e a Isabela temos que conversar"- disse Carolina, puxando o braço de sua irmã até que estivessem bem longe de todos.

- "E sobre o que quer falar comigo, Carolininha?"

- "Meu nome é Carolina! Ah, tá, é que você disse no restaurante que o Limão é um duende e você uma humana. Como você poderia amar um duende e tudo mais. Mas isso mudou agora."

- "Por que exatamente, Carolina?"

- "Porque ele não é mais um duende, e sim um humano..."

- "Eu sei, mas quem disse que ele gosta de mim?"

- "Bom, isso eu não sei, mas o pai deve saber. Vou lá perguntar."

5) capítulo

Ela foi e levou o pai para longe de todos e perguntou:
- "Pai, o Limão está interessado em alguma menina?"
- "Sim, só que não vou falar quem."
- "É a Isabela, por acaso?"
- "Como adivinhou?"
- "A Isabela gosta dele também."
- "Sério? Que ótimo."
- "Vou falar para ela essa notícia."
- "Pode ir, eu vou falar com o Limão."
Foram então e contaram a notícia.
- "Isabela, o Limão gosta de você."
- "Pera, o quê?" Isabela acabou de ficar vermelha.
Enquanto isso, Edissom falava para Limão a notícia.
- "Limão, a Isabela gosta de você."
- "Pera, como é? Ah, deve ser uma pegadinha."
- "Pior que não."
- "Como vou falar com ela sem me envergonhar? Agora, puxa vida, meu Deus, não pode ser", disse Limão, apontando para longe, onde Carolina empurrava Isabela para perto. "Ela está vindo."
- "Carolina, para! Sério, não estou pronta para ficar perto do Limão. Preciso me acostumar que ele gosta de mim!"
- "Agora já foi", disse Carolina, jogando-a para frente.
Isabela, jogada pela irmã, caiu em cima de Limão,

que não conseguiu se equilibrar e caiu no chão sem deixar Isabela se machucar.
- "Ops, a culpa não foi minha", disse Carolina.
- "Muito menos minha", disse Edissom, fazendo um toque aqui para Carolina, e desapareceram juntos.
- "Ah, desculpa, Limão. Não queria ter te derrubado e muito menos ter caído em cima de você", disse Isabela, muito vermelha de vergonha.
- "Não foi nada. Nem me machuquei", disse Limão, tentando se levantar sem derrubar Isabela.
Carolina, espionando junto com Edissom, disse ao mesmo tempo:
- "Ele não toma atitude, não a pede em namoro nem nada. Que estranho."
- "Quem cochicha o rabo espicha", disse Olivia.
- "Ah, mãe", disse Carolina. "Estamos espionando Isabela e Limão. Ela gosta dele, e ele gosta dela. Só não sabem como agir."
Olivia deu uma olhada e disse:
- "É só dar uma empurradinha."
- "Mãe, eu meio que já fiz isso."
- "Eles se beijaram?"
- "Não."
- "Ah, vamos ter que agir."
- "Mas como? Outra empurrão?"
- "Exato, mas tente fazer ela beijar ele."
Enquanto isso,
- "Ops, foi mal", disse Isabela a Limão. "Vou sair de cima de você, prontinho." Isabela parecia confusa com seus sentimentos.

- "Não tem problema, Isabela. Não faz o dia ficar mais estranho."
- "Pra você também."
- "Sim, mais do que estranho."
- "Am, tá bom. Vou voltar ao lago."
- "Não vá ao fundo."
- "Por quê?"
- "Há uma duende no fundo. Ela me transformou em humano", falou baixo.
- "Você não gosta de ser humano?", perguntou cochichando.
- "Am, é. Esquece, vai."
- "Tá bom, vou tomar um sorvete."
- "Ops", disse Edissom ao longe. "Sai da fila do sorvete", disse voltando à fila.
- "Ah, não, perdi o meu banho de sol. Melhor voltar antes que o sol se ponha."
- "Bom, não tenho nada para fazer a não ser espionar."

Um carro ao longe estacionou, um carro preto, brilhante e elegante, charmoso...

- "De quem será esse carro?", perguntou-se Carolina.

De dentro do carro saiu um menino moreno com um óculos de sol, um shorts preto brilhante igual ao carro, uma camisa branca...

- "Marlom", disse Carolina, colocando o cabelo para trás.
- "Olá, Carolina", disse Marlom. "Já te vi aí atrás

Limão olhou para a árvore e disse:
- "Estava nos espionando?"

- "Am..." Carolina havia perdido a fala com a beleza de Marlom.
- "Ei, Carolina, eu vou tomar um sorvete. Você vem?"
- "Vou sim", respondeu ela, completamente encantada.

Limão pensou:
- "Melhor eu ir também, senão acaba o sorvete."

Na fila do sorvete, Edissom conversava com Limão, cochichando.
- "Limão, você está realmente apaixonado por Isabela?"
- "Sim."
- "Então, por que não toma uma atitude?"
- "Como assim?"
- "Sei lá, pede ela em namoro, beija ela..."
- "Pera, o quê? Não, é muito cedo para isso."
- "Vai, Limão. Não acha mesmo que ela vai te amar para sempre, né?"
- "Só tenho medo dela me recusar", disse Limão, tirando um lindo anel de pérolas de seu bolso.
- "O que é isso, Limão?"
- "Bom, um anel. É a última coisa que restou da minha mãe. Eu estava pensando em dar para Isabela em um pedido de namoro, mas o medo acabou tendo mais força do que o meu coração."
- "Não pode deixar o medo te segurar, Limão", disse ele, enquanto tirava o dinheiro para o sorvete.

Enquanto isso, Marlom e Carolina tomavam sorvete em outra mesa.
- "Bom, o sorvete não é ruim, Carolina?", Marlom esperou uma resposta, mas Carolina estava muito

distraída com seus pensamentos.

6) capítulo

Marlom, também confuso com seus sentimentos, notou que as bochechas de Carolina estavam rosadas de vergonha.

Ele saiu da mesa e se dirigiu à mesa de Edissom, então falou firmemente com Edissom:

-Senhor, gostaria da sua permissão para pedir Carolina em namoro.

A maioria das pessoas sentadas ali perto aplaudiu a coragem do garoto, exceto Carolina, que não tinha ouvido o que Marlom tinha falado.

-Admiro sua coragem e sim, permito o pedido, mas a única coisa que não posso garantir é que ela vai aceitar.

Marlom agradeceu, tirou de dentro de sua mochila uma caixa brilhante e pequena que continha um lindo anel de prata banhada em ouro.

Ele caminhou até a mesa onde ele e Carolina estavam, ajoelhou-se e começou a recitar um lindo poema para ela:

-O amor que existe entre nós tem mais brilho do que o sol, e a cada segundo, minuto e hora ele cresce. Mas se você recusar este pedido, não haverá outro, e o nosso amor diminuirá até que um dia só reste a nós mesmos, e não haverá mais amor entre nós. Quer namorar comigo, Carolina?

Todos olharam e esperaram que Carolina respondesse diretamente com um sim ou não, mas, em vez disso, ela começou a recitar outro poema:

Todos os dias olho para o sol e me pergunto se nosso amor é realmente mais forte do que ele, que tem tanta luz que até divide com a lua. Será que, a cada segundo, minuto e hora, nosso amor aumenta? Será que, se eu recusar, ele começará a diminuir após tanto tempo crescendo? O mundo é grande, e se o sol é maior do que a Terra, como duas pessoas podem ter mais brilho do que ele? Embora pareça o contrário, eu aceitarei se o nosso amor prevalecer.

Todos começaram a bater palmas enquanto Marlom colocava o anel em Carolina. De repente, os aplausos se transformaram em gritos:

-Beija, beija.

Marlom e Carolina se entreolharam e se beijaram, e todos aplaudiram novamente.

7) capítulo

A noite caiu e todos foram para seus quartos. Limão tentou dormir, mas se lembrou do que Edissom havia aqui:
"- Então, por que não toma uma atitude?
Como assim?
Sei lá, pede ela em namoro, beija ela..."
Então, ele começou a pensar:
- Poxa, posso simplesmente escrever uma carta e parar de enrolar.
Ele pegou papel, lápis e começou a escrever: QUERIDA ISABELA QUER NAMORAR COMIGO ?
Limão foi até a porta do quarto de Isabela e colocou a carta embaixo da porta. Em seguida, voltou para o seu quarto.
O dia recomeçou. Isabela acordou e viu a carta, e respondeu: "SIM". Ela colocou uma resposta embaixo da porta de Limão e foi para a cozinha, pois estava com fome.
Limão começou a ficar com fome e foi até a cozinha quando viu sua carta na porta. Ele viu que ela havia aceitado e foi até a cozinha.
-Oi, Limão - disse Edissom - Vamos tomar um café, você vem?
-Bom, claro.
-Então, vamos andando, é ali pertinho - disse Isabela, segurando a mão de Limão.
Eles chegaram ao café, que era chique e elegante. A comida era absurdamente cara, mas parecia também absurdamente apetitosa. Sentaram-se em duplas: Edissom com Olivia, Carolina com Marlom e Limão com Isabela.

-Eu vou querer um desses capputnos de 20 reais - disse Isabela.

-Quero o mesmo - disse Limão.

-Trago em 20 minutos - disse a garçonete.

Limão pegou o anel de pérolas do bolso e colocou cuidadosamente em Isabela.

-Obrigada, Limão - disse Isabela, admirando o lindo anel.

-Por nada. Era de minha mãe, ganhei quando ela morreu, como herança, entende.

-Amei mesmo, é tão lindo - disse Isabela.

Dez minutos se passaram, e a garçonete ainda não havia feito os capputnos. Limão então pensou:

-Que aventura podemos viver? Na praia, só o lago para explorar. Ah, claro, o lago.

-O que você acha de explorar o lago? -disse Limão.

-Mas não é perigoso? -disse Isabela.

- Um duende só me transformou em humano, e nem foi tão ruim.

- É verdade, topo ir para o lago.

- Olá, aqui estão os seus cappuccinos - disse a garçonete.

- Em 20 minutos certinho.

- Gosto de ser pontual. Bom apetite.

- Aqui está o dinheiro, moça. Obrigado.

8) capítulo

Depois de saborearem seus capputinos, eles combinaram de ir ao laguinho no dia seguinte. Limão organizou tudo para que a exploração fosse perfeita. Ele lançou flores e conchas no lago, espalhando-as com carinho ao redor da margem. Tudo estava perfeitamente preparado.

No dia seguinte, Limão foi até o quarto de Isabela e bateu na porta três vezes. Ela saiu pronta para ajudar a preparar o equipamento de mergulho para a aventura no lago.

- Uau, Limão, foi você quem decorou toda a margem do lago?
- Sim, fui eu. Você gostou?
- Gostei? Eu amei! Ficou mais do que belo...

- Então, prepare-se para entrar. Vamos contar até três. É 1, é 2, e 3.

Com um salto, eles entraram na água, criando uma onda que levou todas as flores e conchas para o fundo do lago. O local ficou deslumbrante, com as flores e conchas dispostas de maneira mágica em vários pontos do lago.

- Limão - Isabela estava usando uma máscara de mergulho - você organizou as flores e conchas no fundo do lago também?

- Não.
- Então, quem organizou?
- Venha sendi, eu arrumei tudo isso para você - uma voz diferente falou.

Ao olhar para baixo, Limão viu a doende aquática e outro ser aquático...

9) capítulo

A doende estava meio rosada enquanto comia um peixe de salmão morto. Não estava mais tão divertido espionar os dois, já que eles nem sequer conversavam entre si.
-Eles precisam de ajuda, senão o encontro deles será um desastre - disse Isabela.
-É verdade, mas o que podemos fazer para ajudá-los?
-Tive uma ideia...
Eles foram até a margem do lago, pegaram flores de diversas cores e um rádio à prova d'água. Colocaram uma música calma e jogaram água para o alto.
-O que são essas flores? Você pediu para alguém jogá-las, Dig
-Não, e essa música, você pediu para alguém tocá-la, Sindi?
-Não, mas até que é bonita para um encontro, não acha?
- Eles começaram a conversar, e no final, eles se beijaram...
- Isso - disse Isabela, abraçando Limão - conseguimos. Somos ótimos cupidos.
-É verdade. E como o sol está lindo hoje, não é
-Bom, está mesmo. - Isabela se aproximou dos lábios de Limão.
-Ah, achei vocês - disse Carolina, interrompendo os dois prestes a se beijarem. - Ops, desculpe, acho que atrapalhei vocês de darem um beijo, não é...

-Não foi nada, Carolina. Mas por que você estava nos procurando?
-Você vai ver, venha. Ela diz ser amiga do Limão.
-Mas como? Nós mesmas vimos que os antigos amigos o abandonaram.
-Espere, você disse "ela"? - disse Limão. - Eu tinha uma amiga, o nome dela era Vanessa, a sorridente. Mas ela se mudou para outro país, não deve ser ela...

10) capítulo.

Eles foram ver quem era a pessoa que chamava por Limão.

-Limão! Achei você finalmente. Ah, tá diferente. Não sabia que curtia azul e amarelo.

-Oi, estas são Isabela e Carolina. Isabela, Carolina, esta é...

-Oi, eu sou Vanessa, a melhor das melhores amigas do Limãozinho.

-Ah, tá, Vanessa, entendi. É... é uma duende? - perguntou Isabela.

-Ah, meu Deus, Isabela, é óbvio que deve ser uma duende, como o Limão era...

- Pera, Limão não é mais um duende? - perguntou Vanessa. - Mas como ele sempre amou ser duende, por ter seus poderes e tudo mais.

- É, Vanessa, só que agora outra coisa vem em primeiro lugar, tipo a escola, amizades... - Limão foi interrompido por Isabela.

- O quê, Limão? A escola, Vanessa, o quê? - Isabela correu em linha reta chorando.

Uma hora inteira se passou, mas nem sinal de Isabela.

-Ah, oi, Isabel.

-É Isabela, sai daqui, Vanessa.

-Tem uma família muito preocupada com você. Vem, vamos voltar à praia, não há necessidade de tanto drama.

-Não? Ah, não é preciso tanto drama?

-Se tem um motivo, me explique, por que os duendes não compreendem os sentimentos dos humanos...

-Pera, como assim não entendem? Limão sempre me compreendeu.

-Ah, claro, você não deve saber a história de Limão. Ele não nasceu completamente duende mal-humorado. Ele era metade humano e metade duende risonho. Demorou para desenvolver seus poderes, e por isso não parava de usá-los. Até que um dia ele estava brincando com seus poderes em frente a um espelho, quando a sombra de sua mãe na parede refletiu no espelho e Limão usou seus poderes no espelho, voltando contra ele e mudando seu DNA de risonho para mal-humorado, destinado a nunca amar , a menos que uma humana de bom coração trouxesse momentos de alegria ao seu coração. Isabela, você é a humana de bom coração da história, você é a escolhida...

-Eu? - perguntou Isabela, enxugando as lágrimas.

-Venha comigo, vamos até a praia.

Ao chegar à praia, Limão veio correndo e abraçou Isabela.

- Pensei que você tivesse sido sequestrado ou pior, morrido. Não me mate mais do coração, pode ser? - disse Limão.

-Posso deixar, vou tentar.

-Bom, eu vou voltar para a França - disse Vanessa.

-Como assim? Você quase acabou de chegar e já vai? -disse Isabela.

Eu só vim para ver quem era a sorte que quebrou o feitiço. Bom, já vou indo até lá - disse Vanessa, se teletransportando até a França.

11) capítulo

Um novo dia surgiu, e eles foram ao café, pois a maioria não tinha gasto todo o dinheiro. Limão e Isabela olharam o cardápio e pediram dois croissants, cada um custando 7 reais.
-Queremos cada um 1 desses croissants.
-Claro, trago em 10 minutos.
Antes que a garçonete pudesse entrar na cozinha, ela foi atrapalhada por três bebês bonitinhos.
-Ó que fofinhos! Bom, é melhor entregar esses pedidos ao meu chefe.
De repente, um dos bebês atirou um raio pelos olhos, pintando as paredes do local de vermelho para azul. Ninguém no lugar parecia ter percebido as mudanças nas paredes, exceto Isabela e Limão.
-Você viu isso, Isabela?
-Sim, o que eles são?
-Pelos meus cálculos, são bebês marinhos!
O lugar só faltava pegar fogo. Os bebês lançaram raios de cor, comida e olharam uns para os outros, tudo estava uma bagunça.
-Bebês marinhos? Não pensei que isso fosse algo ruim.
-Péssimo, Isabela, péssimo. Os duendes marinhos crescem absurdamente rápido na água e aprendem a controlar seus poderes, mas se saem da água, eles crescem igual a gente. Ou seja, eles precisam voltar à água, mas é difícil levá-los para a água se eles tiverem poderes.
-Blá, blá, blá.

-Ah, não, eles têm o poder de teletransportar.
-De repente, um dos bebês desapareceu ao lado de seus irmãos e apareceu em cima da cabeça de Limão.
-Opa - disse Limão - cuidado para não cair.
Boom, uma ideia surgiu na cabeça de Isabela.
-Limão, e se você fingir ser um cavalinho até o lago?
-Boa ideia, Isabela. Quem quer cavalinho?
Todos os bebês se teletransportaram até a cabeça de Limão, que começaram a fazer barulhos de cavalo e galopar até o lago.
-Quem está gostando? - disse Limão.
-Eu - responderam.
-Quem é você com meus filhos? - uma voz familiar falou.
- Sou, eu sou Limão.
-E eu sou Isabela.
-Mas quem é você?
-Sou o pai daquelas fofurinhas marinhas - respondeu ele.
-Quantos anos eles têm? -disse Isabela.
-Eles têm 2 dias de idade na Terra, na água têm 2 anos.
-Como? - Isabela estava sem entender.
-Ah, eu entendi - disse Limão - embaixo da água, os seres aquáticos vivem a vida mais rápida do que nós.
-Exato, mas bom, acabou a brincadeira, fofuras. Vamos para casa.
Ele pegou os bebês no colo e voltou para o lago

12) capítulo.

Após devolverem os bebês ao seu pai, Isabela e Limão voltaram ao café para comer seus croissants.

- Limão, após comermos esses croissants, que tal fazermos um piquenique? - sugeriu Isabela.

- Claro! Quando a garçonete chegar, pedirei uns 20 biscoitos, que custam 1 real cada. O que acha? - concordou Limão.

A garçonete trouxe os croissants e Isabela fez um pedido adicional:

- Ah, por favor, traga mais 20 desses biscoitos de 1 real, de chocolate branco.

- Claro, estará tudo pronto em 5 minutos - respondeu a garçonete.

- 5 minutos? - surpreendeu-se Limão.

- Exatamente.

- Isabela, onde você gostaria de fazer o piquenique? - perguntou Limão.

- Na beira do lago.

- Ok.

Depois de pegarem os biscoitos para o piquenique, eles estenderam uma toalha à beira do lago e começaram a conversar e a comer os biscoitos.

- Limão, eu tenho uma dúvida sobre seus pais - iniciou Isabela.

- Qual é?

- Quem era humano e quem era doende?

- Ah, meu pai era humano, e minha mãe era a doende.

- E como foi a história da paixão deles? - perguntou Isabela, curiosa.

- O nome da minha mãe era Lila. Ela era conhecida por sua beleza e graça, com cabelos dourados que brilhavam como o sol e olhos verdes que lembravam as folhas da floresta. era uma guardiã da natureza, cuidando das plantas e dos animais que habitavam a floresta. Um dia, enquanto cuidava de um riacho cristalino, ela ouviu um som suave vindo de dentro da floresta. seguiu a melodia e encontrou um humano chamado Ethan, tocando uma flauta. Meu pai estava tocando a flauta. Ele, por sua vez, ficou surpreso ao ver uma doende. Ele acreditava que as histórias sobre criaturas mágicas eram apenas lendas, mas ali estava uma, diante de seus olhos. Minha mãe não tinha medo dele, e sua presença era boa. Eles começaram a se encontrar secretamente, compartilhando histórias, músicas e risadas. O tempo que passavam , e eles logo perceberam que estavam apaixonados. No entanto, eles sabiam que os humanos e os seres mágicos não permitiriam facilmente esse amor entre pessoas tão diferentes. Apesar dos desafios, tentaram enfrentar juntos o que quer que viesse. Eles prometeram cuidar um do outro pelo resto de suas vidas, e alguns anos depois, eu surgi.

- Uau, que superação eles enfrentaram - comentou Isabela.

- É, né? - concordou Limão.

- Ficar longe de suas cidades natais para viver um amor impossível... Mas o que houve? Te conheci com dez anos, e você já não tinha pais.

- Os humanos e os seres mágicos descobriram minha existência quando eu tinha 5 anos e vieram atrás de guerra. Meu pai e minha mãe me esconderam em uma árvore e deram o que pediram, uma guerra. Eu não vi quem venceu nem corpos fora da árvore, mas soube que teria de aprender a me virar. Usei meus poderes de mal humorado para abrir uma caverna e me arranjar comida. Após 1 ano sozinho, 6 doendes e 1 doende apareceram e viraram meus amigos.

- Adorei sua história. Bom, é melhor irmos até a casa alugada. Daqui a pouco entardece.

Eles entraram, tomaram um banho e assistiram a

Eles entraram, tomaram um banho e assistiram a um filme todos juntos: Edissom, Carolina, Olivia, Limão e Isabela. Depois, foram dormir.

13) capítulo.

Em um dia no vale, barulhos estranhos ocorreram, e todos os doendes saíram de suas casas. Viram que aqueles que os apavoravam e destruíam o muro de entrada eram goblins. Alguns doendes não sobreviveram, e os que sobreviveram não tinham mais onde morar.

Os antigos amigos de Limão voltaram até a casa dele, mas ele não estava lá. Então, usaram seus poderes para procurá-lo e o encontraram na praia com seus teleports.

- Oi, Limão.

Limão virou-se com cuidado e viu quem eram: seus antigos amigos doendes.

- O que fazem aqui? Pensei que amassem a vila dos risonhos - disse Limão.

- Sim, nós amávamos, mas ela foi destruída por goblins.

- Como sobreviveram?

- Fugimos assim que vimos alguns de nossa espécie morrer.

- Vocês vieram pedir refúgio? - perguntou Isabela.

- Sim!

- Então, tornem-se humanos.

- O quê? - disse um dos doendes. - Mas como?

- Usem seus poderes de transformação em vocês mesmos.

Foram e conseguiram se transformar em humanos.

- Agora, o que fazemos, Isabela?

- Bom, arrumem um emprego com meu pai.

E foi o que fizeram. Eles conseguiram o mesmo emprego, o de limpeza. Todo dia, eles iam limpar a casa em troca de abrigo, comida e dinheiro.

14) capitulo.

No dia seguinte, eles estavam em treinamento, aprendendo a limpar e a cozinhar, mas para ser exato, estava sendo um desastre. Frigideiras quebradas, o chão escorregadio, não havia limpeza alguma, e a comida estava longe de ser preparada. Tudo estava arruinado, e era melhor arrumar ou pedir ajuda, senão Edissom os expulsaria.

- O que aconteceu aqui? - Limão estava assustado, pois nunca tinha visto tanta bagunça nos 8 anos em que morava com Edissom, e a casa era alugada, então eles precisavam arrumar tudo ali.

- Limão, nos ajude! Não sabemos limpar nem arrumar, tudo saiu do controle! - disse um dos doendes.

- Ok, isso vai ser complicado.

- Limão! - Isabela olhou para a bagunça e quase desmaiou. - O que aconteceu aqui?

- Esses desajeitados não sabem limpar nem cozinhar.

- Ah, não! Eu vou ajudar.

- Isabela, não precisa. Eles devem aprender sozinhos e arrumar sozinhos.

- E se o meu pai acordar e eles forem banidos? Ah, não, eu ajudo - disse Isabela, pegando um esfregão e começando a limpar o chão.

- Tudo bem, eu também ajudo!

Em 2 horas, o chão estava limpo como se estivesse recém-seriado, e a comida estava deliciosa, com peito de frango assado e batatas, além de um bolo de 3 camadas.

- Uau! Bom dia, crianças! Quem preparou essas gostosuras?

- Todos juntos.

- Sério? Pensei que você não soubesse cozinhar, Isabela.

- Sou cheia de surpresas mesmo.

- Bom, eu quero experimentar mesmo é esse bolo grande. Mas hoje já faz 8 dias que estamos na praia, então planejei outra coisa. Vamos organizar uma festa perto do lago. Cada um vai planejar algo, em duplas na verdade. A festa acontecerá no penúltimo dia deste mês, e no dia seguinte iremos embora.

- Quais serão as duplas? - perguntou Limão.

- Eu e você, Carolina e Marlom, e Olivia, sinto muito, você vai ficar sozinha, não terá dupla.

- Tudo bem, já tenho uma ideia - disse Olivia.

Todos se separaram em suas duplas e começaram a discutir o que fariam para a festa.

- E então, Limão, como está o seu relacionamento com Isabela? - perguntou Edissom.

- Bem, o que vamos fazer para a festa?

- Eu não sei, você pode, sei lá, pedir Isabela em casamento?

- O quê? Está maluco? Estamos namorando há apenas 6 dias.

- Sim, mas a festa é daqui a 7 dias, serão 13 dias, e o casamento não será exatamente nesse dia, vai demorar mais uns 30 ou 35 dias, o que dá 43 ou 48 dias. Não é o suficiente, você está conosco há 14 anos.

- Am, tá, eu concordo, vou juntar dinheiro e comprar uma aliança.

- Acho que não dá tempo.

- Como assim, Edissom?

- Alianças são muito caras, e você tem apenas 198 reais.

- Pior.

- Mas eu posso comprar.

- Sério?

- Deve ser apenas uns 500 reais, no máximo 2000, não é tão caro assim.

- É, né?

Eles pensaram em tudo, nas flores, na comida, no pedido, no dinheiro e na festa.

15) capítulo,

No dia seguinte, tudo parecia estar correto. As águas do lago estavam calmas, a cozinha estava limpa e em ordem, e todos estavam super animados para a festa. No entanto, ainda não tinham preparado tudo. Faltavam alguns detalhes nos balões, no churrasco e no bolo, mas fora isso, tudo estava ótimo naquele dia.

De repente:

- Marcos, Juca e Lucas, vocês sabem que o pai não consegue correr muito. Essas crianças me matam de dor nas pernas...

- Dig? - perguntou Isabela - O que faz aqui?

- Eles me trouxeram - disse Dig, apontando para as crianças - eles insistiram em brincar de pega-pega, mas eu não consigo alcançá-los aqui na terra porque minhas pernas doem muito, e eles consideram isso uma façanha.

- Quer que façamos algo? - perguntou Limao.

- Levem eles para fazer qualquer coisa, menos me incomodar.

- Ok, criançada, vamos embora. Que tal

brincar por uma hora inteira?

- Sim! - responderam.

- Então, sentem-se à beira do coqueiro.

- Sim! - responderam novamente.

Todos se sentaram e começaram a brincar de "Ai, depois de vaca amarela". Mas logo a brincadeira se transformou em "Vampirinho, Vampirão, que horas são?" e eles começaram a correr desesperados, nem mesmo brincando direito.

E então:

- Oi, crianças, estou de volta - disse Dig com o rosto todo vermelho.

- Vamos embora, papai! - disse Juca.

- Sim, vamos. Tchau, Isabela e Limao.

- Ufa, pensei que nunca iriam embora - disse Isabela. - Lembre-me de educar bem meus filhos, se eu tiver algum.

- Claro.

O dia passou voando, e a noite chegou. Limao e Edissom estavam conversando sobre a festa quando, de repente, a porta da sala que levava à cozinha se abriu.

- Oi, querido - disse Olivia. - Ouvi barulhos na cozinha e vim ver o que estava acontecendo.

- Oi, Dona Olivia - disse Limao.

- Ok, vou voltar a dormir. Eu diria a vocês para fazerem o mesmo.
- Ok

16) capítulo.

Um novo dia surgiu, o sol estava lindo, e ao meio da tarde teríamos um eclipse solar.
- Bom dia, Isabela - disse Limão animado.
- Oi, Limão - disse Isabela se espreguiçando.
- Oi, crianças - disse Edissom inquieto - Limão, vamos à cozinha para conversar sozinhos.

Eles foram então para a cozinha.

- Limão, você ficou sabendo?
- De quê?
- Um eclipse ao meio da tarde, seria um ótimo lugar para um encontro, não acha?
- Ah, é verdade.

Passos na escada foram ouvidos, mas eles continuaram conversando.

- Ei, Limão, só faltam 5 dias para a festa, não está animado?
- Mais ou menos, ainda acho muito cedo para fazer o que me aconselhou, mas deve ser só eu.
- Mas eu já planejei tudo - disse Edissom com um olhar de decepção.
- Não disse que desvalorizava sua ideia, gostei, sério.

- Mas eu não disse que já comprei as

alianças - disse Edissom.

Então, Isabela, que estava espionando por pura curiosidade, surpresa com a notícia e correu para o seu quarto.

- Meu Deus, para que tanta pressa? - perguntou Carolina.
- Só - Isabela nunca iria falar essa notícia para Carolina, então falou - vim pegar meu diário.
- Ah, claro.
Isabela pegou seu diário e correu para a sala com um lápis e começou a escrever:

"Querido diário, hoje estou muito alegre mesmo. Ouvi meu pai conversando com Limão sobre um encontro meu com ele. Não ouvi onde nem sequer a hora. Mas não é só isso. Lembra que na véspera do dia da gente ir embora, haveria uma festa. Então, aí, eu nem estou conseguindo escrever isso direito. O LIMÃO VAI ME PEDIR EM CASAMENTO, sério, estou muito ansiosa e feliz. Eu já decidi a roupa, o estilo do cabelo, tudo, mesmo, menos uma coisa, A RESPOSTA DE SIM OU NÃO."

- Isabela.
- Quem disse isso? - disse ela assustada.
- Calma, sou só eu, Limão.
- Ah, tá, o que quer?
- Só queria saber se você gostaria de se encontrar comigo na berada do lago às 15:00.
- Claro.

- Então, até lá.
- Até lá - Isabela suspirou e foi até o seu quarto para guardar o diário.

17) capítulo

Às 14:50, Isabela já estava completamente arrumada. Seu cabelo estava preso e penteado, e sua roupa não era apenas um vestido, mas o vestido perfeito para a ocasião. Ela parecia uma verdadeira princesa, com seus sapatos de um tom de água cristalina, parecendo feitos de cristal e pérolas preciosas.

Limão também estava elegantemente vestido. Seu cabelo loiro estava penteado e levemente jogado para trás, e ele usava um terno preto com sapatos sociais.

- Oi, Isabela.
- Oi, Limão.
- Como você está linda.
- Igualmente - ela disse, sentando-se sobre a rocha onde Limão já estava.

- O sol está lindo hoje, não está?
- Está sim.

De repente, o sol começou a ser completamente eclipsado pela lua.
Limão rapidamente pegou um par de óculos proprios para eclipses e colocou em si e em isabela
- É um eclipse total - disse Limão.
- Que lindo - disse Isabela, abraçando Limão.

- Isabela.
- Sim?

- Sob o manto do céu estrelado e negro,
O Sol e a Lua se encontram, um encontro tão raro.
No palco cósmico, sua dança eu contemplo,
Um eclipse, amor, no firmamento a brilhar.

Na penumbra, nossa alma se toca e se entrelaça,
Como a Lua que abraça o Sol, em um beijo ardente.
Nossos corações, unidos em doce abraço,
Refletem o amor, na escuridão reluzente.

O eclipse é o símbolo de nosso amor profundo,
Duas almas que se encontram, mesmo que o mundo durma.
Nada pode separar-nos, nem o céu sem luz,
Pois nosso amor é eterno, como o Sol e a Lua em sua cruz.

E quando a sombra se afasta, o Sol se revela,
Como nosso amor, resplandecente e quente.
O eclipse pode acabar, mas nosso amor persiste,
Em um eterno romance, para sempre cintilante.

Que a luz do amor nos guie, como estrelas

estrelas no céu,
Nas noites escuras e nos dias de alegria.
Pois em nosso eclipse, encontramos a magia,
De um amor que nunca se apaga, e que a vida nos sorria.

- Que profundo.
- Eu criei para você.

Isabela aproximou-se dos lábios de Limão, e eles se beijaram, à luz de um lindo momento durante o eclipse.

18) capítulo

O dia se passou, e a noite chegou. O jantar estava luxuoso: lagosta Thermidor, sopa de lagosta e, de sobremesa, macarons. Todas comeram à vontade. No entanto, Isabela não conseguia dormir. Ela se revirava na cama, pensando se o pedido de casamento combinado não teria sido mais que um sonho.

De repente, sons de descidas na escada começaram a ser ouvidos. Isabela, curiosa, abriu um pouco a porta do seu quarto. Quem estava lá era Limão e Edissom. Ela desceu as escadas silenciosamente, como uma pantera, para que ninguém a escutasse, e então espiou um pouco do que conversavam.

- Limão.
- Sim.
- Amanhã à noite, será uma linda lua cheia, e a maré estará alta e muito bonita...
- Eu não entendi, e daí?
- Isabela pode gostar desse momento mágico e extremamente deslumbrante.
- Ok, agora entendi.

Isabela voltou para o seu quarto, pegou o seu diário e começou a escrever:

"Querido diário, hoje eu tive um dia mágico. Eu e Limão até nos beijamos, à luz de um eclipse. E à noite, eu não conseguia pegar no sono, então fiquei acordada. Quando ouvi passos na escada, como me conhece, eu segui os passos e eram de Limão e meu pai, que estavam a conversar. Amanhã eu e Limão teremos outro encontro à luz de um lindo luar. Acho que agora eu vou pegar no sono, nem que tenha de puxá-lo até aqui. Boa noite, meu diário."

Enquanto isso, Limão também escrevia em seu diário:

"Querido diário, hoje tudo correu bem. Na verdade, até demais. Foi perfeito. Eu e Isabela nos beijamos. Foi encantador. Amanhã, a convidarei para outro encontro à luz de um lindo luar."

19) capitulo

O dia chegou com muita rapideis e tudo estava perfeito , o dia ia se pasando e a noite se aprosimando , as 7:00pm limao e isabela foram novamente a beira do lago .

Isabela estava brilhante mente otima para a ocasiao , a lua batia uma claridade em seu vestido cuju mostrou a brilheza de perolas marinhas azuis e rosas , vestido branco como a neve , uma tiara parecida como uma coroa de uma fotura princesa .

- oi - disse isabela .
- oi , que lindisemo vestido , caprixo desta veis se superou .
- nao tenho tanta sertesa - dise ela dando um giro .

sentaram e obiservaram o lindo evento .

- Sob o céu estrelado, a lua cheia se ergue, Uma esfera de prata, um farol que nos dirige. Seu brilho suave, no manto noturno se derrama, Como o amor que nos envolve, como a chama que nos chama.

Na noite de lua cheia, nossos corações se encontram, Os sentimentos nos arrancam. Seus raios suaves, como carícias em nossa pele, Em cada toque da brisa, o amor se revela.

Na clareza da lua cheia, nossos segredos são compartilhados, Cada palavra sussurrada, como sonhos realizados. Sob o seu olhar, nossas almas se conectam, E juntos navegamos as éguas do afeto.

Lua cheia, testemunha do nosso amor sincero, Nossos desejos, nossos sonhos, tão verdadeiros. Que sua luz nos guie, ao longo da jornada, Na eterna dança do amor, na noite prateada.

Nas noites de lua cheia, nosso amor floresce, Como um JardIm encantado, onde a paixão. Sob o seu brilho, dançamos na melodia suave, Um romance eterno, uma história de amor que nos comove. - limao tinha acabado de falar um lindo poema

- Sob o brilho da lua cheia, nosso amor floresce, Como um jardim encantado, onde a paixão quente. Cada palavra sussurrada sob a luz prateada, Reflete a intensidade do nosso amor, nunca apagada.

Na noite de lua cheia, nossos corações se encontram, Nossos sentimentos profundos se entrelaçam e se encantam. Sob os raios suaves, como carícias em nossa pele, Sinto a magia do nosso amor, algo tão incrível.

Você é o meu farol na escuridão da noite, Com você, cada momento é um deleite. Na luz da lua cheia, nosso amor brilha, Como o mais raro dos tesouros, é o que me tranquiliza.

Nossos segredos são compartilhados, como um doce mistério, Cada palavra trocada, um elo em nossa história de amor verdadeiro. Nossas almas se conectam sob o olhar da lua cheia, E nossa jornada de amor é eterna, sem fronteira.

Que a luz da lua cheia nos guie em nosso caminho, Nessa dança eterna do amor, não há mais sozinha. Nas noites de lua cheia, nosso amor é uma canção, Uma melodia de paixão, que nos flui à eternidade, minha razão.

Os dois se aprosimaram um do outro e continuaram a ver a linda lua cheia .

Apois uma hora eles voutaram a dentro de casa e comeram um pouco , mais tarde apois todos irem dormir isabela ouvil novamente pessoas deserem as escadas , curiosa foi la

- limao , não avera um evento amanha mas podem asistir o por do sol ou o nacer .
- boa ideia é isso que irei fazer .
- aliais faltam 3 dias para o pedido .
- é .- dise limao bosejando - vou voltar a cama .
isabela coreu a seu quarto e voutou a dormir .

20) capitulo

O dia estava quase chegando, Limão foi e acordou Isabela, que foram assistir o lindo nascer do sol.

-Nascente de fogo, rei do amanhecer, o sol ergue-se majestoso no horizonte, pintando o céu com tons de ouro e âmbar, anunciando um novo dia, radiante e deslumbrante. Suas primeiras luzes beijam a terra adormecida, despertando a natureza com calor e cor, as sombras da noite recuam, rendidas, enquanto o sol surge com seu esplendor. Um espetáculo de beleza, mágico e sereno, o sol nasce, trazendo promessas ao mundo, cada raio de luz, um abraço ameno, trazendo esperança em seu calor profundo. É o início de uma jornada, de sonhos a cumprir, à medida que o sol se ergue, o dia se inicia, e sob sua luz, vemos a vida florescer e sorrir, envolvendo-nos em sua aura de harmonia.

Nos versos que tracei, luz ao amanhecer, cada raio de sol, um abraço a florescer. Na aurora do dia, a esperança reluz, acalenta os corações, em luz a seduz. Ameno, o sol nasce, radiante no horizonte, banha o mundo em cores, o dia é uma fonte. Cada verso que crio, ecoa com calor, é a beleza do sol, que inspira meu ardor. Então, no poema que te dou, feito com prazer, é a luz do sol que brilha, fazendo-nos renascer. Ameno e sereno, como um novo alvorecer, na linguagem dos versos, quero te envolver.

mais lindo do que mil estrelas juntas.
- A cada dia que se passa o sol brilha mais forte, a cada noite que vem a lua , brilha mais, e isso traz harmonia ao mundo, mas você traz luz ao meu coração - disse Limão, olhando fixamente Isabela.
Então eles entraram no café e pediram um café com leite por 4 reais.
-Então, Limão, o que acha de irmos ao lago dar uma nadadinha, pode ser divertido.
-Boa ideia - respondeu Limão. Eles beberam os cafés e foram ao lago.
-Primeiro as damas - disse Limão, com uma boia de piscina em forma de macarrão.
-Que gentil - disse Isabela, vendo a boia atrás de Limão, e então pegou uma igual no chão - pode atacar - disse apontando a boia como se fosse uma espada.
Eles entraram na água e começaram a lutar, então Edissom acordou com o barulho da água e olhou pela janela, viu-os se divertindo e gritou:
-Me esperem - correu, pegou uma boia de piscina em forma de macarrão e correu até a água - aí vai bomba.
Após um tempo, Carolina, Olivia e Marlom se juntaram à guerra de água como se ainda fossem crianças.
Depois de 2 horas e 30 minutos, eles foram tomar um banho, todos tomaram um banho... Isabela saiu com um vestido lindo, uma mistura de rosa bebê e azul bebê.
-Está linda - elogiou Limão.
-Obrigada, não achei tão bonito - disse Isabela.
-Mentira - disse Carolina - isso está perfeito, não tem uma mancha sequer de algo derramado, está te faltando honestidade.

O dia se passou voando e chegou a noite. Isabela ficou muito inquieta com o assunto de casamento, mas acabou dormindo. Mais tarde, Limão e Edissom se encontraram novamente, mas Isabela estava cansada demais para conseguir ouvir os passos e acordar.

-Limão, amanhã, às 20h30min, haverá uma chuva de meteoros. Te aconselho a levar Isabela 30 minutos antes.

-Obrigado, bela ideia, vou dormir.

Então, foram dormir.

21) capítulo.

O dia surgiu, com o sol lindo e majestoso. Limão acordou muito animado e correu para a cozinha. Ele abriu a geladeira, pegou alguns ingredientes e começou a preparar um bolo de chocolate com duas camadas, recheio e cobertura, do jeito que Isabela gostava.

Após terminar, ele pegou um pouco de chantili e escreveu em cima:

"Isabela, para você que ilumina meu dia, um doce bolo."

Em seguida, ele foi para a sala para assistir algo enquanto Isabela não acordava. Alguns minutos depois, Isabela acordou e foi até a cozinha. Como não viu ninguém, ela não quis abrir a geladeira como costumava fazer ao acordar. Ela foi até a sala e viu Limão assistindo a um episódio de Bob Esponja para passar o tempo.

-Oi, Limão -cumprimentou Isabela.

Limão deu um pulo e respondeu:

-Oi, Isabela. Está com fome?.

-Um pouco- disse Isabela.

-Então, vamos à cozinha -sugeriu Limão, indo até a cozinha e chegando lá primeiro.

Quando Isabela chegou à cozinha, o bolo estava na mesa, guardanapos organizados, pratos e garfos. Ela se aproximou do bolo e leu o que estava escrito, dizendo:

-Que lindo.

-Preparei em sua homenagem - explicou Limão, cortando um pedaço e entregando a

Isabela.

-Você não vai se servir? - perguntou Isabela.

-Preparei para você, não para mim- respondeu Limão.

-Deixa de frescura e pega um pedaço logo - insistiu Isabela.

Limão cortou uma fatia para si e comeu. Depois, disse:

-Não ficou tão bom quanto pensei que tinha ficado.

-Limão, isso está maravilhoso -elogiou Isabela.

Mais tarde, às 16:00, Limão convidou Isabela para observar as estrelas às 20:00. Ela aceitou o convite. Quando chegou a hora, eles se encontraram à beira do lago e ficaram observando por 30 minutos. De repente, a chuva de meteoros começou a acontecer. Eles permaneceram ali até que a chuva de meteoros terminou. Depois, entraram em casa para dormir.

Isabela dormiu com ansiedade pelo pedido de casamento que aconteceria no dia seguinte, enquanto Limão ficou acordado treinando o pedido até cair no sono.

22) capitulo

Limão e Edissom acordaram cedo para preparar a festa: balões de gás hélio, bolos de 3 camadas, copos com refrigerantes, tortas, peixes fritos, sopa, macarronada, tudo de bom... Quando acordaram Isabela, Olivia, Carolina e Marlom, a festa começou. Brincadeiras com água, sem água, vários tipos de brincadeiras começaram.

Às 18:00, eles começaram a comer e conversar. Quando chegou às 20:30, Limão pegou um microfone com uma caixa de som e conectou na TV, e disse:

-Bora de karaokê, minha gente!

Eles cantaram várias músicas, quando deu 20:30. Limão pegou o microfone novamente e recitou um poema:

-Sob um manto estrelado e sereno, Na penumbra da noite, a sonhar, No brilho das estrelas, tão ameno, Minha alma encontra coragem a piscar.

À luz do sol que rege o nosso dia, E à luz da lua que ilumina a noite, Com estrelas cintilando na via, Nossos destinos se cruzam, açoite.

Na vastidão do céu, um compromisso, Pergunto com amor, com devoção, Aceitas, sob as estrelas, meu aviso, Caminhar juntos, lado a lado, mão na mão?

A lua, testemunha da nossa história, O sol, nosso guia na jornada a dois, E as estrelas, em toda sua glória, Selo nosso amor com eternos lumes, meus e seus.

Com anéis reluzentes em mãos, Sob o firmamento de joelhos, assim, Aceitas ser a luz dos meus planos, E tornar-te minha estrela, meu amor, até o fim?

Estrelas, sol e lua a testemunhar, Meu pedido de casamento sincero, Neste céu infinito, a brilhar, Unir-

-nos, amor, para sermos inteiros.
Em um universo de sonhos e magia, Sob os olhares cúmplices do alto, Aceitas ser minha, ser minha vida, Casar e construir juntos nosso encanto?"

Isabela olhou para o seu amor e respondeu com um poema:

-Sob as estrelas, sol e lua a brilhar, Aceito com alegria e amor sem fim, Ser a tua estrela, teu raio de luar, Dizer sim a esse pedido, sim, sim, sim!

Na vastidão do céu e do infinito, Com os olhos brilhando, aceito, enfim, Unir nossos destinos, deito o meu compromisso, Meu coração responde, sim, sim, sim!

Estrelas e constelações a testemunhar, A lua a sorrir no céu tão lindo, Aceito com amor, é hora de selar, Nosso casamento, eterno e infindo.

Sob o sol radiante e seu calor sincero, Nas noites de luar e estrelas no alto, Digo sim com todo o meu ser inteiro, Neste universo de amor, nosso encanto."

E assim, com essa resposta clara e sincera, eles selaram o compromisso sob o céu estrelado.

23) capitulo.

-Dias se passaram e eles foram ao tribunal para se casar. Depois, compraram uma casa. Limão virou um escritor, e Isabela também. Eles escreviam seus próprios livros em casa.
-Serio, papai ? - perguntou uma garotinha.
-Sim, Endiel, assim como sua mãe e eu.
Isabela bateu a porta e disse:
-Limão, deixe Endiel dormir- e deu um beijo na testa de Endiel. -Durma bem, filha.
-Você também, mãe.
-Boa noite, minha pequena.
-Durma bem , pai.

fim

Milton Keynes UK
Ingram Content Group UK Ltd.
UKHW051114140224
437798UK00009B/123